Y0-BGV-825

Les neuf maisons de Kouri

*À mon fils Carol qui sait battre
et laisser le temps passer.
C.U.*

© Éditions Nathan/VUEF (Paris-France), 2002
© Éditions Nathan/VUEF (Paris-France), 2005 pour la présente édition
Conforme à la loi n° 49956 du 16 juillet 1949 sur les publications destinées à la jeunesse
ISBN 209250760 - 5
N° éditeur : 10122101 - Dépôt légal : août 2005
Imprimé en France

Claire Ubac

Les neuf maisons de Kouri

Illustrations de Christophe Blain

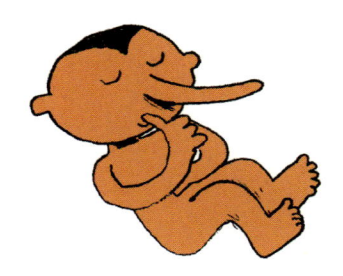

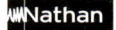

Nathan

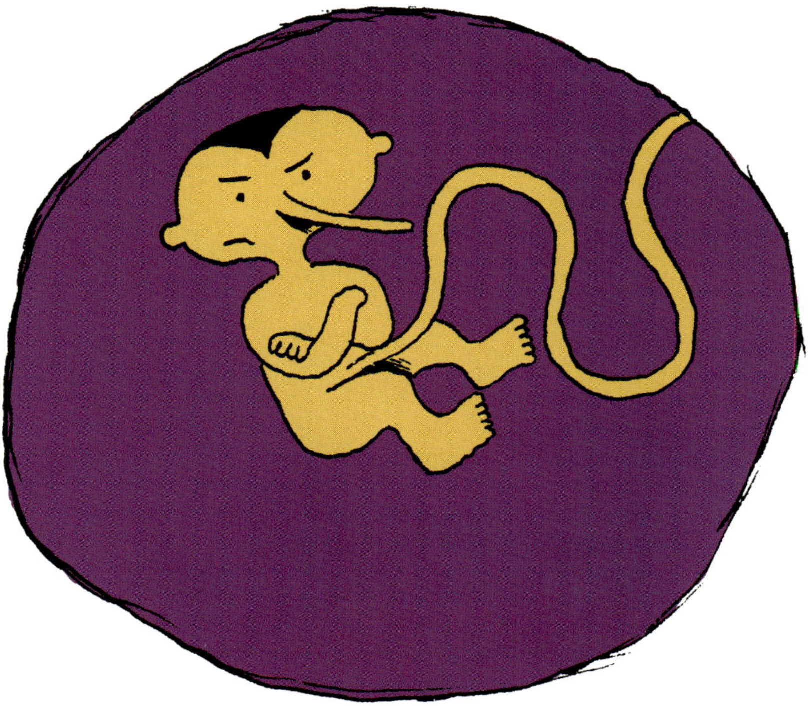

un
La première maison

Sa première maison était tiède et douce comme l'eau où il baignait. À travers les parois vivantes, Kouri écoutait les bruits du monde. Il mangeait et buvait sans avoir rien à demander. Protégé de tout, il entendait une voix tendre et recevait des caresses... C'était le bien-être et la paix.

Un jour, pourtant, quelqu'un se présenta à la porte et murmura :

– Kouri !

Le garçon s'endormait en suçant son pouce. Ses paupières se serrèrent un peu plus fort. Il ne répondit pas.

Le lendemain, tandis que Kouri dansait dans l'eau, on appela de nouveau :

– Qui me dérange ? demanda le garçon.

La voix dit :

– C'est la vie. Il est temps de sortir, Kouri.

Le garçon continua sa danse. Alors la voix se mit à crier :

– Vas-tu sortir à la fin ?

Kouri hurla :

– Va-t'en ! Je ne sortirai pas.

La vie annonça :

– Alors je vais frémir et m'agiter. Je secouerai la porte, je secouerai les murs, je secouerai le toit, et toi tu sortiras.

Kouri croisa ses jambes afin de barricader l'entrée, mais la maison vibra et s'agita. Elle pressa Kouri et le malmena dans tous les sens, si bien qu'à la fin il se retrouva dehors.

Il pleura toute une journée. Sa mère le berçait entre ses bras en chantant.

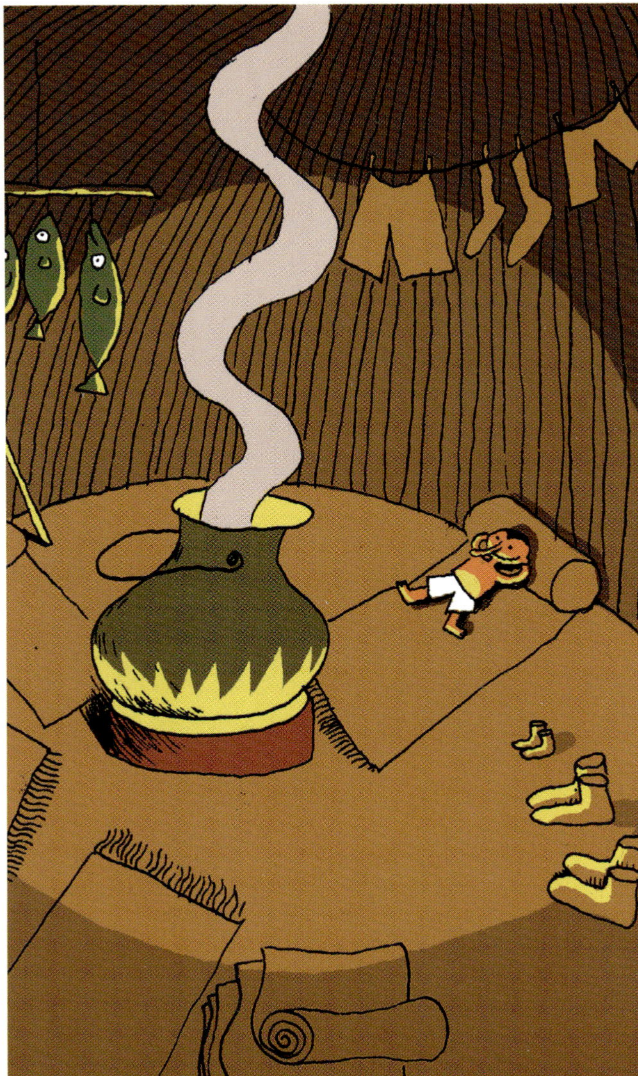

deux

La hutte de pêcheur

KOURI aimait la hutte de branches où il habitait avec ses parents, au bord de la mer.

Dans la marmite au milieu de la pièce, la mère cuisait le poisson pêché par le père. La fumée du feu s'échappait par l'ouverture percée au sommet de la hutte.

Chaque matin, Kouri voyait se lever le jour à travers les branches. Le soir, une étoile lui disait bonne nuit par le trou de la cheminée... C'était le bien-être et la paix.

Or, un jour que le père et la mère étaient au marché, les vagues grossirent, enflèrent et vinrent se fracasser contre la porte.

– Qu'est-ce que c'est ? demanda Kouri.

– L'océan en tempête. Sors vite, ou tu seras noyé !

Kouri cria en pâlissant :

– Mes parents m'ont confié la maison !

L'océan mugit :

– Sors donc ! Je vais rouler et écumer. J'emporterai la porte, j'emporterai les murs, j'emporterai le toit, et tu te retrouveras dehors.

Kouri poussa la grosse marmite devant la porte.

Mais l'océan roula et écuma. D'une

seule lame, il dispersa les branchages de la hutte.

Kouri se sauva de justesse sur la terre ferme.

À leur retour, ses parents furent si heureux de voir leur fils en vie qu'ils ne se soucièrent pas de leur maison détruite.

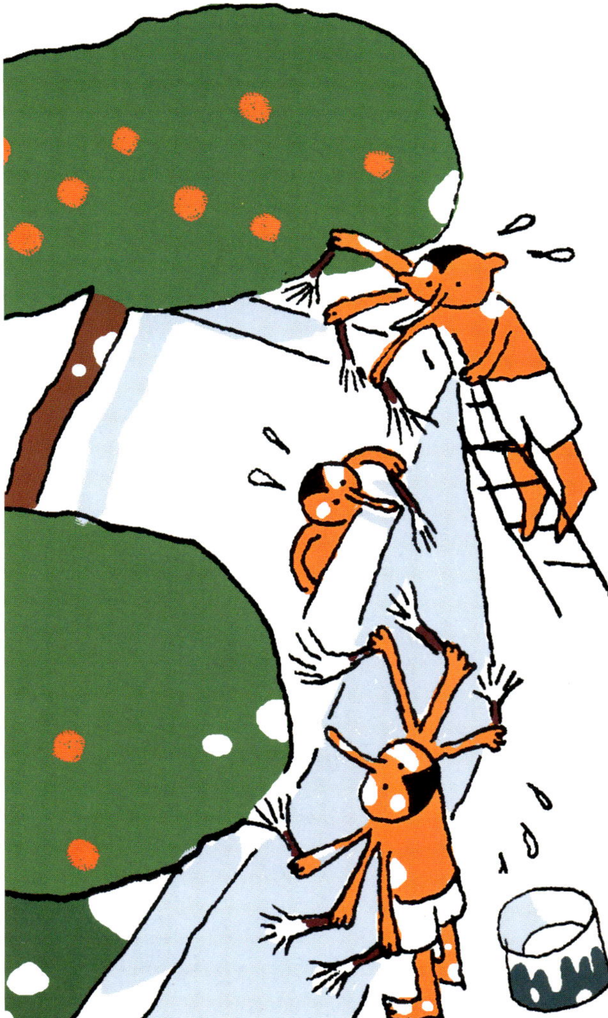

trois

Une maison inconnue m'attend...

Ils s'installèrent dans un village de paysans. Avec l'aide de ses voisins, le père de Kouri construisit leur nouvelle maison. Il mélangea de la terre, de l'eau et de la paille, et fit des murs épais qui protégeaient de la chaleur l'été et du froid l'hiver. Il planta des orangers dans le jardin intérieur.

Kouri aimait s'allonger sous ces arbres. Le haut des murs découpait un carré de ciel au-dessus de sa tête, bleu et clair le jour, sombre et scintillant la nuit... C'était le bien-être et la paix.

Pourtant, un soir qu'il était ainsi couché sur le dos, un murmure lui parvint des étoiles :

– Kouri, il est temps de partir ! N'as-tu pas envie de voir le monde ?

Kouri suça plus fort son brin d'herbe.

– J'aime ma maison. Les murs sont encore chauds de soleil, la brise délivre l'odeur des oranges. Qui me parle ?

– C'est l'aventure, répondit la voix. Bientôt, je rendrai la porte de ta maison étroite, ses murs pesants et son toit de ciel étriqué. Et tu les quitteras sans regret.

Kouri oublia ces paroles. Quand ce fut le moment, il enduisit les murs de la maison d'une nouvelle couche de terre. Il les repeignit de blanc de chaux, et la maison fut comme neuve.

Pourtant, rien n'était plus comme avant. Kouri avait grandi. Il devait se baisser pour entrer dans la cour. Les pièces lui semblaient les chambres d'une maison de poupée, et son toit de ciel une lucarne. Le monde l'appelait dehors, si riche et si vaste !

Il dit à ses parents :

– Je veux partir et voir du pays.

Avant de prendre la route, Kouri jeta un dernier regard aux murs de terre avec cette pensée : « Une maison inconnue m'attend quelque part ! »

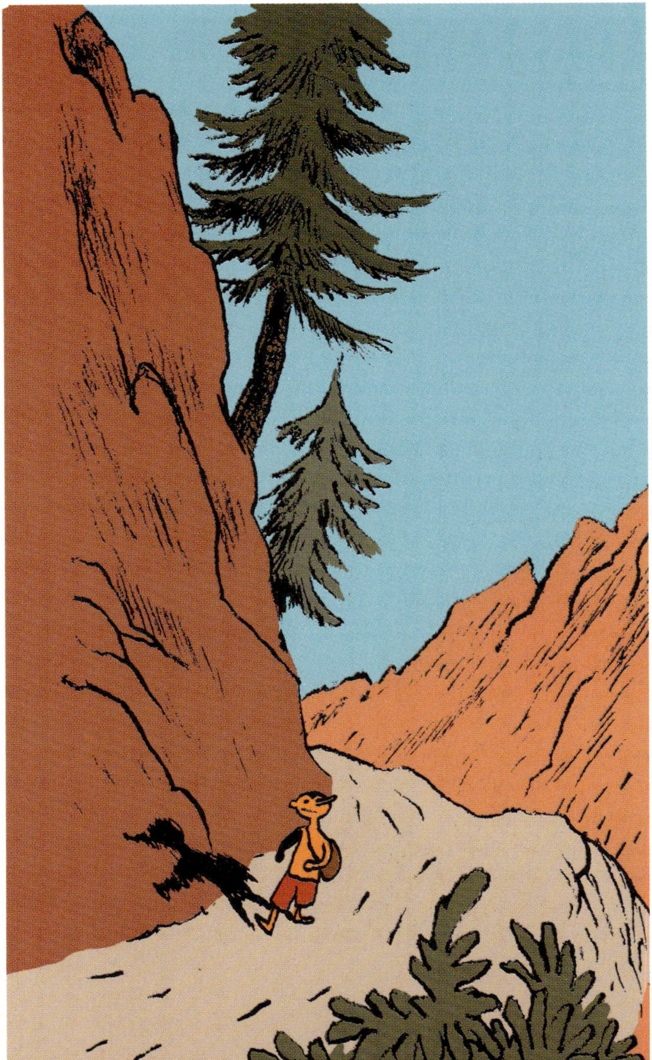

quatre

La maison du monde

Le cœur de Kouri était gonflé de liberté. Toutes les directions l'appelaient, le monde lui appartenait !

D'abord il marcha droit devant lui. La nuit, il dormait à la belle étoile sur un lit d'herbe ou d'aiguilles de pin. Il pensait : « Ma maison, pour l'instant, c'est le monde : elle est sans murs et a pour toit le ciel infini ! »

Mais ce toit était percé et le monde déversa toute son eau sur la tête de

Kouri. Celui-ci marcha deux jours entiers sous la pluie.

Quand vint le second soir, il grelottait et il n'y avait aucun abri en vue. Quelqu'un appela derrière lui :

– Ohé, du mouillé ! Venez donc sous mon parapluie !

Kouri se retourna. Un petit bonhomme encombré de sacs courait derrière lui sur la route, poussant une charrette d'une main, de l'autre tenant un parapluie. Il invita Kouri à dormir dans sa minuscule tente et lui prêta des vêtements secs. Cet homme était colporteur. Il allait de village en village vendre toutes sortes de choses : tissus, rubans, épingles, outils...

Kouri et lui continuèrent leur chemin ensemble comme deux vieux amis. Ils marchèrent sans fin pour traverser la grande plaine jusqu'à la montagne

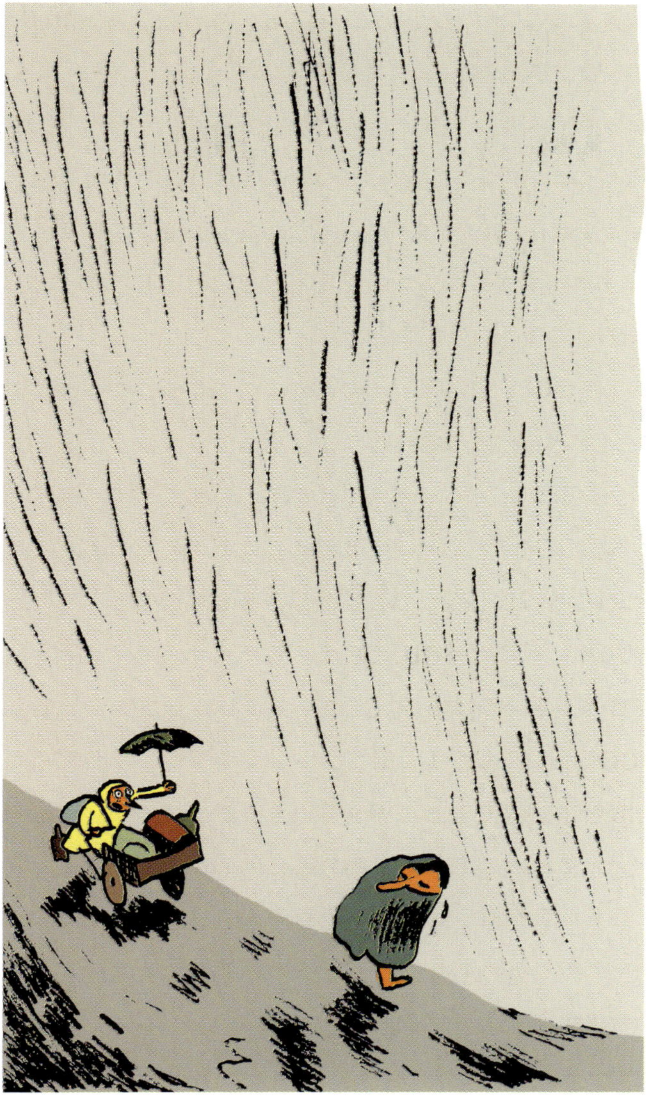

qu'on voyait au loin. Ils eurent parfois mal aux pieds, ils eurent froid ou trop chaud, ils durent se coucher sans dîner et ils ne furent pas toujours bien reçus dans les villages. Mais le soir ils se racontaient des histoires chacun à son tour. Ils imitaient les gens qu'ils avaient rencontrés et se nourrissaient d'éclats de rire.

C'était l'aventure et la joie.

Jour après jour, la montagne se rapprochait. Kouri et le colporteur distinguaient de mieux en mieux ses parois rugueuses. Le colporteur tout réjoui dit à Kouri :

– Regarde, là-bas, ces maisons construites en pierre de la montagne. Vois-tu les trous noirs au-dessus ? Les gens ont aménagé leur logis directement dans le rocher. Aucun marchand n'y est encore allé. Je serai le premier !

Les villageois émerveillés lui achetèrent un sac entier de ses marchandises.

Le colporteur voulait aller de l'autre côté de la montagne pour découvrir de nouveaux villages. Kouri, lui, décida de vivre dans une maison creusée dans la pierre. Il expliqua au colporteur :

– Peut-être est-ce l'habitation qu'il me faut ? Je dois l'essayer !

Il dit adieu à son compagnon. Tous deux s'embrassèrent en se promettant de se retrouver un jour.

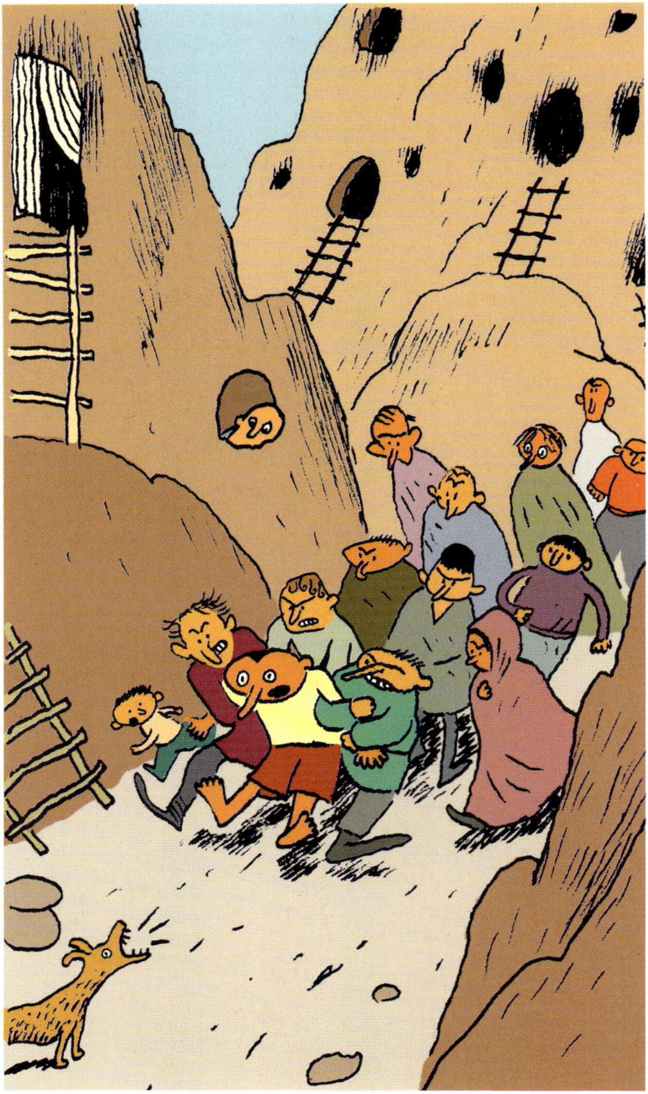

cinq

La maison que personne ne souhaite

Quelque temps après le départ du colporteur, plusieurs hommes sautèrent sur Kouri. Ils l'enfermèrent dans une caverne de la montagne avec un lourd verrou de fer. Tout ça parce que la femme du chef du village s'était blessée avec l'épluche-légume qu'elle venait d'acheter !

Un gardien apporta son repas à Kouri avec ces mots :

– Nous te gardons en otage jusqu'à ce que ton ami le bandit revienne.

La pièce était nue, à part un matelas de branchages dans un coin et un trou pour faire ses besoins. D'autres prisonniers, avant Kouri, avaient gratté des phrases ou des dessins maladroits sur les murs de pierre. La seule ouverture était un petit carré découpé dans la porte, barré d'une croix de fer. Kouri y resta des jours et des jours enfermé.

C'était la tristesse et l'ennui.

Une seule idée le tenait en éveil : « Comment sortir de là ? » Comment échapper à ces murs sombres, à ce sol froid et à ce plafond étriqué ? Kouri répéta cent fois son plan dans sa tête. Enfin il se sentit prêt.

Il se mit nu. Il défit les branchages de son matelas pour en faire un tas et disposa ses habits dessous en les laissant dépasser un peu. Puis il attendit derrière la porte.

Quand le gardien entra, étonné, il s'approcha du matelas, comme Kouri l'avait espéré. Ce dernier sauta sur lui, arracha son bâton et lui en donna un bon coup sur la tête. Ensuite, il mit les vêtements de sa victime et sortit en se cachant derrière chaque mur, jusqu'à ce qu'il ait atteint la montagne où il prit la fuite.

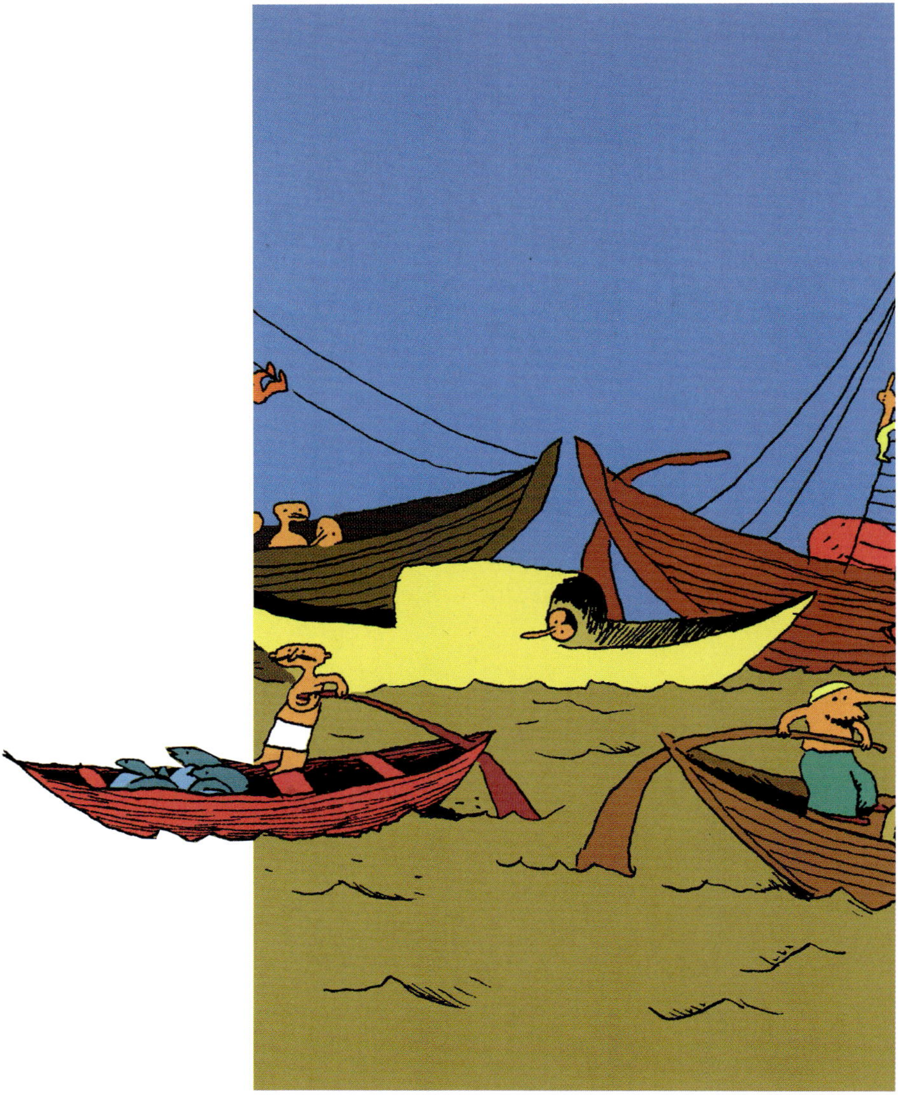

six

La maison sur l'eau

DE L'AUTRE CÔTÉ de la montagne, Kouri trouva une grande ville au bord d'un fleuve. Il fut émerveillé de voir tant de gens aller et venir à leurs affaires. Même l'eau fourmillait de jonques où l'on présentait des tissus, des légumes, des poissons...

Kouri acheta une barque pourrie, la répara avec soin et se mit à pêcher. Sa nouvelle habitation lui plaisait. À l'intérieur il était son seul maître.

Il déplaçait souvent la barque sur le fleuve et changeait ainsi de paysage. La nuit, l'eau le berçait de doux clapotis... C'était le bien-être et la paix.

Cependant, tous les jours arrivaient des nouveaux venus de la campagne qui espéraient trouver du travail en ville. Les immeubles étaient pleins à craquer. Le propriétaire de la jonque voisine frappa à la porte de Kouri.

– Mon fils vient d'avoir un enfant, lui dit-il. Il a besoin d'une nouvelle jonque. Veux-tu me vendre la tienne ?

– Désolé, mais j'habite ici, moi ! répondit Kouri.

Le voisin insista :

– Tu es seul, tu n'as pas besoin de toute une jonque. Je te louerai une chambre sur la mienne.

Kouri rit :

– Ma barque ne vaut rien, elle est

rafistolée. Ton fils n'en voudra pas.
— Tu plaisantes ? demanda le voisin. Ta porte et tes murs lui paraîtront ceux d'un palais et ton toit une coupole ! Chez moi, il y a si peu de place que son bébé est attaché à une corde pour ne pas tomber dans l'eau.

Kouri baissa le nez. Enfin, il dit :
— Que ton fils prenne ma barque et vive heureux. Quant à toi, merci : tu m'as redonné le goût de poursuivre mon voyage et de découvrir l'inconnu.

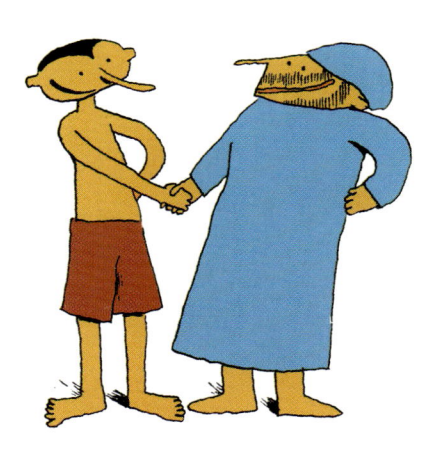

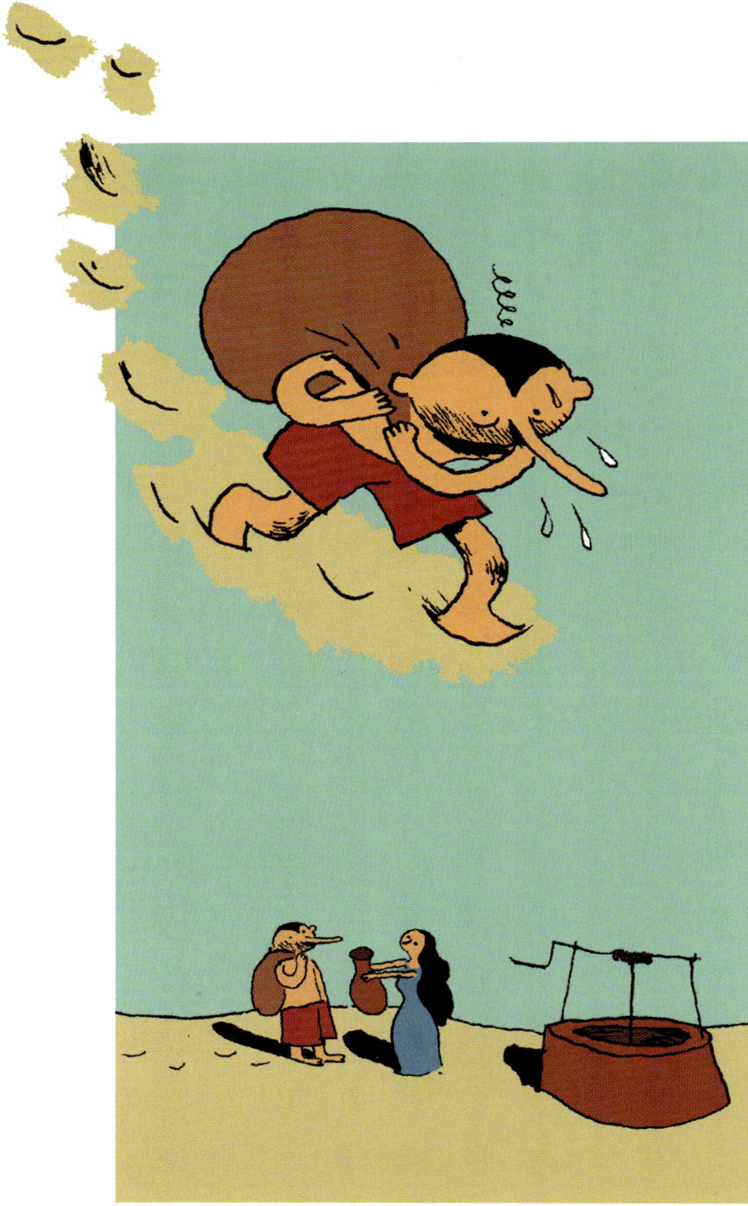

sept

La yourte du désert

Kouri repartit et marcha très loin, cette fois, jusqu'au désert.

Un soir, épuisé et la langue sèche, il arriva à un puits. Une jeune nomade venait y puiser de l'eau. Remarquant l'homme assoiffé, elle pencha sa jarre et lui donna à boire.

Des bracelets d'argent tintaient sur ses bras nus. Sa robe brodée suivait ses gestes gracieux. Tandis qu'elle le servait, ses yeux noirs lancèrent un regard à Kouri, puis vite se cachèrent sous les cils recourbés. Cet éclair de lumière enflamma le cœur du jeune homme. Il lui parla ainsi :

– Veux-tu abriter mon cœur pour toujours ?

La jeune fille rit et répliqua :

– Le mien désire un refuge solide !

Kouri s'inclina en silence. Il prit la jarre pleine et suivit la jeune fille. Il se joignit à la tribu des nomades.

Pour mériter celle qu'il aimait, il travailla un an en silence, dormit à même le sable glacé et jeûna sept jours. Sa belle apprécia la force de son caractère et la pureté de ses sentiments. Le premier jour du printemps, la tribu fêta le mariage des deux amoureux autour d'un grand feu joyeux.

Kouri fabriqua leur yourte de mariés

en posant des couvertures de feutre sur des baguettes de bois.

Il aimait sa tente, ronde comme la hutte de son père, avec la même cheminée au milieu de la pièce où scintillait une étoile différente à chaque nouveau campement.

Sa femme lui donna cinq enfants malicieux, au corps agile, aux yeux de gazelle et aux longs cils recourbés.

C'était le bien-être et la paix.

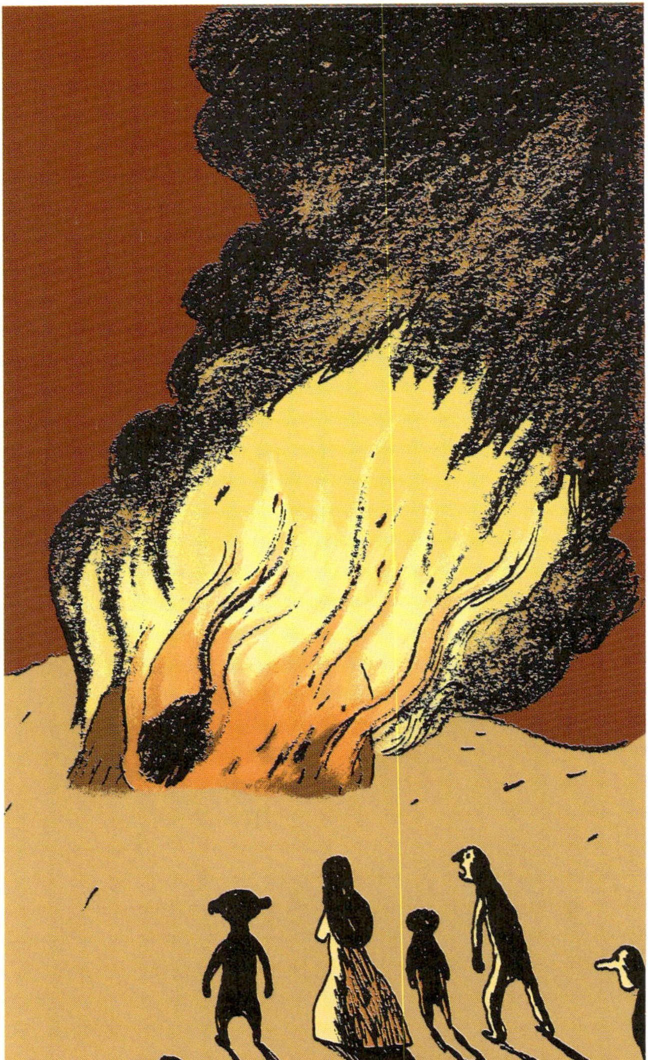

huit
La maison du fils

MAIS UN SOIR couleur rouge sang, le fils aîné de Kouri brûla la yourte familiale en jouant avec le feu. Heureusement, il réussit à s'en tirer sain et sauf avec ses frères et sœurs.

Les anciens parlèrent ainsi à Kouri lors du conseil :

– Ce n'est pas la première bêtise de ton fils, tu le sais. Les murs de ta yourte sont trop moelleux pour son fort caractère et ton toit est trop bas pour son audace. Éloigne-le quelque temps de la tribu : ne reviens que quand il aura appris à se conduire !

Kouri hocha la tête. Il parla à sa femme, prit son fils aîné avec lui et marcha jusqu'à une autre ville près de la mer.

Sur le port, d'imposants bateaux étaient en partance pour le bout du monde. On cherchait des hommes courageux pour une expédition au pôle Nord. Kouri s'engagea à condition qu'on accepte son fils avec lui.

Là-bas, ils découvrirent une terre déserte et glacée. Les habitants, eux, étaient chaleureux. Ils vivaient de la pêche et habitaient des maisons de neige. Kouri et son fils apprirent à les construire et aimèrent leur toit rond comme le ventre d'une femme et leurs murs épais contre le vent mortel du Pôle. C'était la vie rude et la paix.

Kouri et son fils étaient chargés de pêcher, eux aussi, pour nourrir l'expédition. Un jour qu'ils étaient partis chasser seuls tous les deux, Kouri ordonna à son fils de construire leur igloo pour la nuit. Lui-même montait la garde au bord du trou où le phoque n'allait pas tarder à venir respirer.

Le fils de Kouri était très fier de fabriquer seul l'igloo.

Au moment de commencer le toit, il se dit : « Je vais faire le mur un peu plus haut. J'en ai assez de marcher à quatre pattes à l'intérieur. Nous n'en sommes plus à l'âge des couches, tout de même ! »

Il ajouta des briques de neige et rit de plaisir en voyant sa maison en forme d'œuf. Quand Kouri revint, il fronça les sourcils, mais ne dit rien.

La nuit venue, le Grand Vent de la banquise se leva et mugit contre leurs murs :

– Celui qui a construit ceci ne mérite pas le nom d'Esquimau ! Les briques sont trop minces et ce toit est ridicule. Vous allez voir ce que j'en fais de votre bungalow pour touristes !

En une seconde, la maison fut décapitée comme un œuf à la coque. Les deux hommes se retrouvèrent dans la nuit froide et sifflante. Ils résistèrent au Grand Vent en s'attachant l'un à l'autre et luttèrent contre la neige qui les aveuglait. Kouri façonna avec peine de nouvelles briques. Son fils les disposait tant bien que mal, le cœur serré de voir son père à genoux dans la neige. Ils finirent tous les deux la nuit dans une sorte de cercueil fabriqué à la hâte...

Quand le matin arriva, Kouri avait perdu trois doigts, gelés à tout jamais. Mais son fils, lui, avait gagné trois doigts de sagesse. Il courba la tête et demanda son pardon.

– Père, à partir d'aujourd'hui, vous n'aurez plus à rougir de moi !

Il tint si bien promesse qu'à son départ les Esquimaux le considéraient à l'égal d'un frère.

Une fois rentré dans la tribu du désert, sa conduite resta si noble et responsable qu'il fut élu un jour le plus jeune du conseil parmi les anciens.

À son tour, ce fils se maria et eut des enfants, comme ses frères et sœurs. Kouri et sa femme bien-aimée eurent bientôt des petites-filles et des petits-fils aux cils recourbés, pleins de vie.

C'était la paix bien méritée.

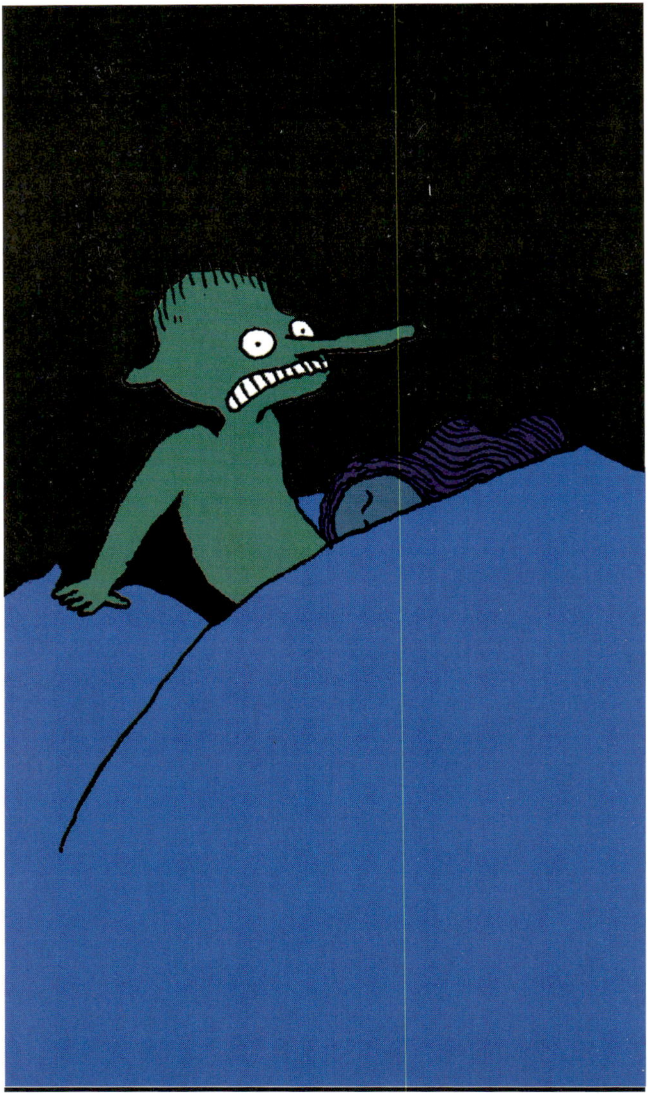

neuf

La dernière demeure

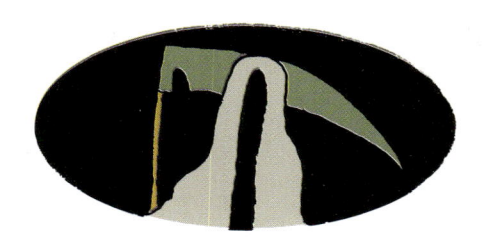

Par une nuit bien noire de sa vieillesse, Kouri entendit une voix souffler avec le vent :

– Heureux homme, je te chasserai de ta demeure et je t'enfermerai dans la mienne. À jamais.

– Qui parle ? demanda Kouri, la peau hérissée.

– Je suis la Mort. Bientôt je viendrai te prendre. Je n'ouvrirai pas la porte, la couverture de ta yourte ne s'agitera pas et ton toit restera en place. C'est toi qui n'y seras plus. On portera ton corps dans sa dernière demeure !

Kouri se leva et réveilla sa famille. Ils s'enfuirent dans la nuit et voyagèrent longtemps, jusqu'à ce qu'ils voient de splendides monuments se détacher sur l'horizon. C'étaient des tombes construites pour le repos éternel de seigneurs très anciens. Mais elles ressemblaient plutôt à des châteaux avec leurs nombreuses chambres remplies de trésors.

Kouri en choisit une aux murs richement décorés, tout près du fleuve, et l'aménagea en maison confortable.

Le soir, quand ses petits-enfants étaient au lit, il fumait le narguilé devant sa porte où se balançait un palmier...

C'était le bien-être et la paix.

Et le vieil homme pensait avec un petit rire :

– Viens donc, Mort, me chercher ici, dans ta propre demeure !

Il paraît qu'à l'heure qu'il est, elle ne l'a pas encore trouvé...

Table des matières

un
La première maison 5

deux
La hutte de pêcheur 9

trois
Une maison inconnue m'attend.........13

quatre
La maison du monde 17

cinq
La maison que personne ne souhaite..23

six
La maison sur l'eau 27

sept
La yourte du désert 31

huit
La maison du fils 35

neuf
La dernière demeure......................41

Claire Ubac

J'ai écrit cette histoire au septième étage dans une chambre de bonne avec vue sur le Sacré-Coeur. Comme Kouri, j'ai habité une maison en terre. Une autre expérience forte, ce fut d'abriter, pendant neuf mois, deux nageurs en herbe qui ont aujourd'hui 13 et 16 ans. Pour moi, les enfants font la joie d'une maison. C'est pourquoi j'aime tant être invitée dans les écoles !

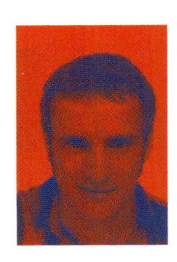

Christophe Blain

Auteur-illustrateur de bandes dessinées, de carnets de voyages et d'albums pour enfants, Christophe Blain a pris beaucoup de plaisir à dessiner Kouri et toutes ses maisons. Il s'est laissé gagner par la poésie et la simplicité de cette histoire.

Découvre d'autres histoires dans la collection
nathan poche 6-8 ans

fantastique

▷ Série *Samuel*
de Hubert Ben Kemoun, illustrée par François Roca

Un monstre dans la peau

Samuel vient de gagner *Le Grand Cobra Magique*, le plus beau **tatouage** de la collection Flapi Flakes ! Mais à peine se l'est-il **collé** sur l'épaule que sa peau le **démange** étrangement…

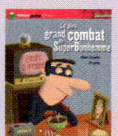

Le plus grand combat de SuperBonhomme
de Alain Pradet, illustré par Pronto

Démona passe son temps à faire **le mal** sur la planète. Aujourd'hui, elle sème la panique auprès des passagers d'un avion. SuperBonhomme, lui, est toujours là pour faire **le bien** et sauver le monde. Arrivera-t-il à temps pour éviter le crash de l'avion ?

C'EST LA VIE !

Copié ? Collé !
de Élisabeth Brami, illustré par Rémi Courgeon

Tamara a peur des **maths**. Dès qu'elle voit un **chiffre** ou une **opération**, elle rêve d'avoir une crise d'appendicite ou de tomber au fond d'un long tunnel qui la conduise hors de l'école. Et quand son père lui demande, chaque dimanche soir, si elle a fait son **devoir** de maths, c'est le **cauchemar**…

▷ Série *Le journal d'Andromaque*
de Natalie Zimmermann, illustrée par Véronique Deiss

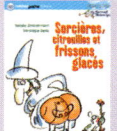

Sorcières, citrouilles et frissons glacés

« Tremble, journal ! » Mimi et sa sœur Rox prennent le Train des **G**nomes et des **V**ampires. Elles vont fêter **Halloween** chez leurs grands-parents, à la campagne. Là-bas, il y a des citrouilles et des **araignées**, mais aussi des **vampires**, des sorcières et des **fantômes**…

Le goût du ciel
de Gérard Moncomble, illustré par Sébastien Mourrain

Louis et Martha sont très **fiers** de leur petit Jean. C'est un adorable **bébé** joufflu, qui gazouille, gigote et tout et tout. Sauf qu'un jour, hop, il **s'envole** !

HUMOUR

▷ Série *Germaine Chaudeveine*
de Clair Arthur, illustrée par Jean-François Martin

Parfum de sorcière

Quelle **puanteur** ! La sorcière se **parfume** au jus d'égout. Sa maison est pleine de flacons aux essences de diarrhées de canards, de rots d'hippopotames, de vomis de papillons… Un jour, elle tombe **amoureuse**…

AVENTURE

Le fils du pirate
de Michel Amelin, illustré par Catherine Hélye

La **princesse** Marina est inquiète et très en colère ! Le **roi** l'a promise en **mariage** au premier qui découvrira la **cachette** de l'affreux pirate, Barbe-Noire. Et si le **gagnant** ne plaisait pas à la princesse Marina ?

MYSTÈRE

Le maître des cavernes
de Rose-Claire Labalestra, illustré par Marjorie Pourchet

Avec sa barbe et ses cheveux longs, le remplaçant de la maîtresse est un **personnage** vraiment **étrange**. De plus, une hache et une grosse touffe de poils dépassent de son cartable ! Effrayés, mais dévorés de **curiosité**, Johanna et Kévin sont bien décidés à mener leur **enquête**…